TRES UNIVE

y una sola razón

Sergio Flores Puentes

A la memoria de Esther Puentes
mi trozo de madera en medio del naufragio

Prólogo breve, quizás innecesario

No soy un poeta, respeto en demasía a los poetas para considerarme como tal. Sólo creo que soy, después de tantos años, un principiante en el discernimiento de los entresijos del ser humano. Sin embargo, como cada persona - al igual que cada artista - tiene su público, me he decidido a mostrar estos versos que no son más que una exigua aproximación a la poesía. Buena parte de ellos fueron escritos en mi tierra natal, en un contexto social con menos luces que sombras y que, dolorosamente, sigue siéndolo aún hoy para mis compatriotas. Vaya a ellos, con este pequeño libro, mi admiración y respeto.
A los pacientes lectores, muchas gracias por permitirme que les robe unos minutos a su corazón, porque al tiempo.... al tiempo nunca le podremos robar nada.

Madrid, 9 de Septiembre, 2012

La Vida, la Muerte y el Amor

Vive, muere y ama el hombre en estos universos de su mundo interior y una sola razón se lo permite: la razón de existir.

La Vida

Pasión de unos
Dolor de otros
Privilegio de todos

Soy Vida

No salgo de mi asombro:
ayer, célula imperceptible,
hoy, hombre de este mundo, alma y corazón.
¡Qué maravilla es saberse en sí mismo
misteriosa armonía, suprema exquisitez,
micro mundo viviente y Universo a la vez!
Soy vida, soy enigma,
soy barro y cromosoma,
soy átomo y conciencia,
soy fruto de la tierra,
soy agua de los cielos,
soy la alquimia del ego,
soy amor, soy espíritu,
soy carne, soy deseo,
soy música y silencio,
soy sentimiento abierto,
soy tanto que soy todo,
soy algo que no es nada,
soy todos los misterios
y soy obra de fe.
Sinceramente, no salgo de mi asombro.

A mis padres

No sé en qué intersección de los caminos se encontraron.
No sé quién les puso el tiempo en las pupilas
y el espacio en el corazón.

Solo sé que eran jóvenes y tiernos.
Ilusión e inocencia galopando de nube en nube.
Mar sin horizonte, sólo olas, sólo mar.

Yo era entonces mudo testigo,
parte de dos que será uno,
doble huésped, futuro visitante,
vida en la sombra esperando la luz.

Ahora, a pocas jornadas de mi silencio,
después de tantas lluvias y sequías,
de tantos desamores y tantas armonías,
de saber de placeres y saber de agonías,
de aprender que en los bolsillos se esconde la tristeza
y en la solapa se lleva la alegría,
de entender que no sé, ni sabré,
los ¿cómo? ni los ¿cuántos? acerca de mis días,
les estoy eternamente agradecido.

Creo en la belleza de la vida
a pesar del precio que pagamos por ella,
por eso, padres míos, gracias por la vida.

A mis hijas

Milagros de piano a cuatro manos,
palomas ingenuamente blancas,
aguas nuevas y claras del arroyo,
sonrisas como flores siempre abiertas,
sombras reconfortantes de arboleda,
lágrimas desconocidamente grandes,
palabras espontáneas de pureza,
inocencia maravillosamente cierta,
fidelidad vertida sin ambages,
honestidad sin límites humanos,
felicidad que se renueva en cada beso,
la paz mejor habida para un hombre
y enorme la nostalgia, que no cesa.

Patria

El hogar, a la vera de cualquier camino, en cualquier lugar,
pero la Patria, la madre grande, íntima, ancestral,
de tradición, raigambre, inmensa, indivisible,
única, inamovible, contra viento y marea
siempre en su lugar; su único lugar.

La Patria que no es mía, ni tuya, ni vuestra,
que es de todos, esencia, fundamento,
regazo disponible, refugio, seminario,
novia intransferible, a veces engañada,
manida, utilizada, expuesta en sacrificios,
mentida en juramentos, violada en discrepancias,
privada del concilio, humillada por unos,
llorada por muchos, amada en cada fibra
y sufrida por siempre con vívido dolor.

La Patria generosa, que no olvida a sus hijos.
La Patria imprescindible.
La Patria, hasta el final.

Libertad

Alguien dijo una vez:
"La vida en libertad es como un pájaro
que vuela y se posa libremente donde quiere"

Y yo le contesté, desesperado:
¡Pero nunca permitas que le corten las alas,
porque si la vida no vuela y no es libre,
dejará de ser pájaro para ser dolor!

Dignidad

Buscad un mercader, el mejor de los mejores,
buscad un talentoso detective
y pídeles la dignidad que hayas perdido.

Diles que pagarás el precio con millones,
diles que tienes oro, diles que tienes trigo.

Yo te aseguro amigo, te aseguro,
que la respuesta siempre
será como un cuchillo:
"Señor, recuperarla es imposible
porque el viento de la vida
no devuelve corazones,
puede que se los lleve, mas no olvide,
que la Dignidad nace en el pecho
y el viento no devuelve corazones".

No te inquietes
(a Claudia)

Hija mía, tú que vas por la vida como el Cid
con alma de valientes y corazón abierto,
no te inquietes por la orgía de los miserables,
por los que tienen por bandera la ignorancia,
por los que abrieron la caja de pandora de la infamia,
por la puesta en escena de mediocres farsantes,
por los que dejaron la esperanza mutilada,
por los que disparan en la noche a los amantes
con el dolor de los que nunca amaron nada.
No te inquietes, hija mía, por la oscuridad que ves afuera,
sólo preocúpate por la luz que lleves dentro.

El dilema

"Pienso luego existo; existo luego pienso"
Vaya puto dilema que inventaron algunos
ajenos al cause inescrutable de la vida.
Yo amo y luego vivo, saludo las mañanas,
disfruto de la noche, soy libre a mi manera,
lloro, rio, camino sin volver la cabeza,
soy amigo sincero pero no me arrodillo,
prefiero la justicia a ofrecer la mejilla,
me niego a las promesas porque los hechos bastan,
creo en algunos hombres, difiero pero escucho,
si caigo me levanto, me creo que yo puedo,
no doy crédito al éxito si no es compartido,
amo y no espero nada, me libero del mundo,
doy la mano al honesto aunque sea mi enemigo,
tengo fe en lo que siento más que en lo que pienso,
ofrezco lo que tengo, no descanso, no huyo,
no renuncio, no traiciono, no miento, no olvido,
espero con paciencia, me enamoro sin dudas,
te busco entre la gente, me apasiono, te sueño,
me aferro a tus caderas, me bebo tus susurros,
te gozo a manos llenas, disfruto tus gemidos,
me miro en tus pupilas, me duermo en tus silencios,
te quiero como nunca y siento que estoy vivo,
te tomo de la mano y miro hacia el futuro
y luego, pero muy luego, me acuerdo del dilema
de si existo o si pienso, que inventaron algunos
que olvidaron amar.

Tu maravillosa vida

Cuando sientas que la vida
no te ha dado todo lo que esperabas
y la amistad y el amor parezcan utopías
corre a abrir tu ventana
no la de tu casa sino la de tu corazón
que es por la que sólo podemos ver lo que está oculto
y entonces comprenderás
que la vida te ha dado mucho y no lo sabías
que la amistad te tiene entre sus mejores amigas
y que el amor ya sabe dónde vives
y te visitará, sin lugar a dudas,
algún día de tu maravillosa vida

Estrellas

Según la filosofía popular
"cada cual nace con su estrella",
mucho lo he escuchado pero me pregunto:
¿será sólo esa estrella mi destino forzado?
¿no cuentan las estrellas que construye uno mismo?
¿las que caen, sin aviso, en nuestros caminos?
¿las que nacen del misterio de nuestros sentidos?
¿las que brillan muy lejos, sin saber dónde están,
pero quitan la vida o nos dan luz y paz,
como un juego del alma que no cesa jamás?

Por eso yo diría:
"Cada cual nace con su cielo"
Cielo virgen, desnudo, limpio, abierto, natural.
¿Las estrellas?
Las estrellas las aceptas o rechazas,
las creas o destruyes,
las vives o las mueres,
las tomas o las das.

¿De qué sirve estar vivos?
(a mis compatriotas cubanos)

De qué sirve estar vivos si estamos como muertos,
hundidos en el barro de la mediocridad,
si las restricciones y la fatal rutina nos llevan día a día
hacia el autoexilio de la vida útil y la prosperidad,
si las aspiraciones se queman en la hoguera
con la madera vieja de la intolerancia y la mezquindad,
si el talento se anula con las armas brutales
del absolutismo y la impunidad,
si el silencio obligado nos quita el aliento
y nos corta de un tajo los derechos auténticos de la libertad.
Para salvar a muchos Noé creó su barca,
¿para salvar a cuántos han navegado otros
cuya estela socava los valores más puros de la sociedad?
¿Cuánta decadencia nos queda presenciar?
¿Cuántos muertos en vida debemos aportar?
¿Cuándo tendremos Patria sin pensar escapar?
¿Cuántos Cristos nos faltan para volver a amar?
¿De qué sirve estar vivos, si no decimos ¡basta!
a los que nos humillan y nos quitan la paz?
¿De qué sirve estar vivos, si nos van a matar?

Confesión

Confieso que casi siempre me he sentido feliz de vivir,
he visto amaneceres que me llenan de luz
y me dan una paz sutil e indescriptible
para comenzar a vivir cada mañana.
Bien sé que los hijos no son una utopía
y colman el alma y los sentidos de una música inmensa,
extraordinariamente tierna e irrepetiblemente bella.
En la mano de un buen amigo siempre encuentro una estrella
y en el amor de una mujer descubro sueños y pasiones
que me confirman siempre el valor de la vida.
Pero también confieso que he visto y conocido
el lujoso "limousine" de un millonario
y el entierro de un niño desnutrido,
el llanto de mujeres humilladas
por cobardes que quedan sin castigo,
el cancerbero que reprime por dinero
y el servilismo gratis, vicioso y repulsivo,
la gran prostitución del intelecto
por los oportunistas de bolsillo,
el sacrificio impuesto, los valores perdidos,
la desidia de tantos ante el planeta herido,
las guerras fratricidas de los hombres
en medio de legiones de mendigos,
el turbulento río de las ideologías
arrastrando los muertos de todos los partidos,
las falsas promesas de los dictadores
y el éxodo insensato de pueblos sin destino
y miles de pervertidos y estúpidos verdugos
vociferando al mundo que son los elegidos,
y me he sentido hastiado de vivir.

Bruma

Bruma de la mañana que desvelas
sutilmente el perfil de la montaña,
calco eres de la bruma de la vida
que nos descubre cada día el alma.

Semejas lluvia fina en lejanía
cayendo sobre campos y cultivos,
humedeciendo toda la nostalgia
que acecha a cada paso del camino.

Bruma de la mañana tú que viajas
por todos los senderos y destinos,
descúbreme el secreto de la ausencia
de aquellos que me dieron su esperanza,
de aquellos que me amaron y no olvido.

Bruma de amaneceres que se fueron,
bruma que llegas plena de rocío,
guíame hasta el lugar de mis montañas,
devuélveme la vida que no vivo.

La felicidad de los ignorantes

Quisiera, al menos una vez en la vida, levantar mi mano
por encima del jefe y todos sus vasallos
por encima de la turba de profetas frustrados
de la horda de aspirantes al cetro y sus alrededores
por encima de los de mediodía sin sombrero
y los de noches con frío en los colchones
por encima de los maestros de todos los grados
incluyendo los grados de las quemaduras de conciencia
por encima de los siempre secos y los que se mojan sin llover
por encima de los que caminan con pie propio
y de los que andan oportunistamente con pie ajeno
por encima de los que critican pero heredan la opulencia
y de los que no les queda ni siquiera la esperanza
por encima de los que se creen que son justos
y de los que se dice que son pecadores
en fin, levantar alto el brazo por encima de infames y de humildes
para que todos vean bien mi mano
en los espejos que rodean la casa inconclusa de los Hombres
y llamar la atención de los que imponen el silencio
y tomar la palabra que nunca me conceden
y gritarles a los jueces graduados en la escuela del engaño
¡Aquí, aquí estoy, igual que muchos otros!
¡rasgándome el pecho con la felicidad de los ignorantes!
¡la felicidad que duele y más abunda!
¡la felicidad ficticia y denigrante!
y cuando los censuradores, desaforados y soberbios,
me señalen acusatorios con el dedo
lanzar una pedrada davidiana, tremenda y salvadora,
que me abra un amplio hueco en los espejos
y correr!, ¡correr!, ¡correr! entre la multitud hipnotizada,
y escapar hacia la luz entre los vidrios de antes y después de Cristo
y volver a gritar, con todas mis fuerzas, levantando ambos brazos
¡Aquí, aquí estoy, igual que muchos otros!
¡rasgándome el pecho con la felicidad de los ignorantes!
¡la felicidad que duele y más abunda!
¡la felicidad ficticia y denigrante!
hasta que me escuche el Universo.

Lo vivido

Hoy pasan cada vez menos los caballos salvajes
en apasionado tropel por mis praderas.
Echo en falta los bandos de palomas
que se disputaban alegremente las semillas
en la juventud de mis mañanas.
Las mariposas, esas coloridas soñadoras
que volaban sutilmente en el bosque de mis pensamientos
se han marchado en busca de nuevas excursiones.
Qué decir de mis leales perros, que sabiendo
a donde me llevarán el tiempo y el destino,
ladran en un Mi Sostenido que suena a tristeza reprimida
y miedo a los inciertos días por venir.
Mañana, cuando ya no escuche el galopar de los caballos,
se hayan marchado los perros y palomas
y me quede sólo un rostro envejecido
espero que Dios me recompense con un poco de Sol
y la visita ocasional de un colibrí
que me recuerde lo vivido.

La Muerte

Desafío de unos
Temor de otros
Destino de todos

Siete definiciones de la Muerte

- El desempleo en el mundo de las almas
- Orgasmo del espíritu
- La novia del olvido
- Pretexto para escapar
- La ineludible citación a juicio
- Certidumbre de la incertidumbre
- La más indescifrable de las contradicciones

Mi novia negra

Tengo una novia negra desde hace tiempo
que no ríe, ni canta, ni baila al viento.

Es mi novia eterna desde que nací,
que no pinta sus labios de carmesí.

Me tomó de la mano al primer aliento
y jamás me abandona por un momento.

A veces finjo que no la vi,
a veces me olvido que ella está aquí.

Tengo una novia eterna igual que tienes tú,
cristiano, musulmán, budista o vudú.

Es una novia oscura, que me está invitando
a llevarme, en silencio, a un viaje muy largo.

Es compañera fiel esta novia negra,
que se llama Muerte, que me está esperando.

No sé

No sé cuándo vendrá:
Si en la tarde o temprano,
el reloj en su mano,
diabólicamente exacta y puntual
según el programa del listado fatal,
o llegará en otoño, con hojas de colores,
a principios de mayo con un ramo de flores,
en la noche plena del firmamento
o a la puesta del Sol, enredada en el viento.

No sé cómo vendrá:
Si tenue y sigilosa,
felina y silenciosa,
muy sutil y callada
escondida en el sueño de la madrugada,
o arribará sonando bombos y platillos,
con muy pocas nueces pero mucho ruido,
con arma de fuego, espada o cuchillo,
accidentes fatales o un dolor conocido.

Nada sé con acierto de esta hija de puta,
solo sé que nunca equivoca la ruta,
que el día que nací ella tomó nota
y tocará a mi puerta, o muy cuerda... o muy loca.

No lo creo
(a Esther Puentes)

No me creo esa historia de que te hayas ido
cabalgando en un caballo blanco hacia la nada.

Cómo voy a dar crédito a los tontos
que dicen que la muerte te raptó una madrugada
si te he visto anoche mismo entre nosotros
esparciendo palabras de amor a los que amas.

No me creo esa historia de que te hayas ido
cabalgando en un caballo blanco hacia la nada,
sólo has lanzado al viento un trozo de tu alma
para anunciar que sigues aquí, cada mañana.

Prueba Mortuoria

Ayer, para probar, y sólo para probar, me he muerto por un rato;
durante un par de horas, me olvidé de la vida y renuncié a todo:
al amor de mi esposa y mis hijos,
a mis padres, familiares y buenos amigos,
a Dios, a los espíritus y santos,
a los amaneceres en el campo,
a José Martí y la Madre Teresa de Calcuta,
a la infancia con los nobles abuelos,
a la increíble placidez del río de mi pueblo,
a Sinatra, James Taylor, Varela y John Lennon,
a los besos sensuales y morbosos,
al malecón de noche, visto desde el Morro,
a Rubens, Cézanne, Goya, y Tomás Sánchez,
a los Rioja reserva y el whisky a la roca,
a los pechos de mujer diseñados por dioses,
a Saura, Scorsese, Titón y Bertolucci,
a la lluvia fresca en los veranos tórridos,
a las piernas encantadoramente seductoras,
a Tagore, Hemingway, Carpentier y Reverte,
al fútbol que exacerba locuras y pasiones,
al sexo oral y escrito en cálidos colchones,
a Bach, Mozart, Rodrigo, Vivaldi y Lecuona,
al pescado asado y el blanco Chardonnay,
al Jazz de los 40 y el Rock de los 70,
al Quijote, el Kama Sutra y Los Pasos Perdidos,
a los atardeceres de lujo frente al mar,
a mi querida Habana, Oporto y Madrid,
a orgasmos de mujer que merecen el Nóbel,
a la Declaración Universal de Derechos Humanos,
y a infinidad de gente y cosas tan maravillosas
que sería muy extenso y arduo de nombrar,
y comprendí que aún sólo por unas pocas horas
marcharse de este mundo es jodidamente triste
y duro de aceptar.

Filosofías

Filosofías de la vida hay gran cantidad,
ambiguas, complejas y realmente diversas,
de Sócrates, Nietzsche, Rousseau, Goytisolo,
y de gente sencilla y eruditos abuelos
en lista interminable de grandes y pequeños
pensadores mortales, de academias y calles,
iguales al marchar.

Filosofías de la muerte, hay solamente una,
con lógica sencilla, diáfana y radical,
sin muchas conjeturas, sin autores famosos,
se la inventó ella misma desde tiempos remotos
cual obra maestra del saber terrenal:

"No pierdas el tiempo; no mires atrás"

Así dice la Muerte, que no cree en quimeras,
así reza su dogma, que no debes cambiar,
porque tarde o temprano, quieras o no quieras,
ella tiene el encargo de venirte a buscar.

Infierno

Los que han sido pecadores como yo no van al cielo,
y aunque me haya redimido en tu amor
bien sé que no iré al cielo.

Después de la partida
me castigarán a verte inalcanzable
desde mi infortunada espiritualidad,
y en cada segundo de mi perenne ausencia
te diré lo que lo siento, en un triste lamento,
y no me escucharás.

Porque siglo tras siglo, hasta el fin de los tiempos,
estaré condenado a quererte en silencio
desde un lugar oculto, al que llaman infierno,
y nunca lo sabrás.

El silencio

El silencio
Lo que más me jode de la muerte es el silencio.

Deambular, vagar entre la multitud anónimamente,
espíritu curioso, presente pero ausente,
creo que es aceptable.

Los placeres, no poder disfrutar los pequeños placeres,
los mundanos o excelsos placeres de la vida,
es duro y angustiante, pero soportable.

El olvido, que ya no te recuerden,
que en su prisa te olviden o gusten de ignorarte,
para mi es comprensible, quizás hasta loable.

Pero pasar callado el resto de los siglos,
sin pronunciar palabra, sin decir lo que pienso,
no maldecir lo infame ni elogiar lo sincero,
castigar al susurro, no leerte mis versos,
esa mudez eterna, esa ausencia del verbo
es lo que nunca acepto.

Lo que más me jode de la muerte es el silencio.
El silencio.

En paz
(a Catalina Chávez)

Me dijo una anciana con la mente muy clara:
"el hombre nunca sabe a dónde va hasta que llega"
y en su corta jornada lo acompañan por siempre
la vida y la muerte juntas como hermanas.
Necesita un propósito para andar el camino,
que enaltezca su esencia, que enriquezca su espíritu,
para cuando la vida se detenga, cansada,
la muerte le acompañe sin arrepentimientos,
con la fe necesaria y la paz renovada.

Epitafio

Para cuando me muera,
para cuando el alma me crezca hasta las estrellas,
quiero el "Adagio para cuerdas" de Barber
y estas pocas palabras que no podré escribir:

"Aquí yace, tranquilo,
el aprendiz de hombre y maestro de tontos
que creyó que la vida debía ser sencilla,
la guerra debía hacerse en paz,
los hombres debían ser humanos,
y el amor, sencillamente amar".

El Amor

Don Quijote de unos
Sancho Panza de otros
Rocinante de todos

Labriega del Amor

Dulce labriega del Amor
cultívame sin prisa ni descanso
las carnes de mi vida sin tu vida
las tierras de mis sueños sin tu flor
siémbrame hasta lo eterno con tus labios
cultívame por siempre el corazón.

Cuestionario

¿Quién es?,
preguntaron ansiosos los Inquisidores.

- *Una estrella remota, distinta a las demás.*

¿Cómo es?,
cuestionaron a coro los Censuradores.

- *Una obra de Rembrandt, un susurro del mar.*

¿Cómo fue?,
Los incrédulos Necios quisieron saber.

- *Ése es un gran secreto que solo conocen el Amor, los profetas, y el tenue rocío del amanecer.*

Como el primer día

Llevamos ya más de cinco mil mañanas
desayunando juntos
y sigo mirando
el brillo indescriptible de tus ojos
con los mismos deseos
de echar a un lado la taza de café
y amarte con pasión inacabable
encima de esta mesa
como el primer día

Cosas que decirte

A veces te diría tantas cosas...
y a veces no sé cómo nombrarte,
las palabras se pierden y aparecen
extraviadas en la selva de tu encanto,
quiero un soneto para tus estaciones
pero me sale un trazo desconsoladamente extraño,
sin aliento estoy, avasallado
por la fuerza de imaginarte en el silencio
mientras el tiempo, inexorable, se ha llevado
mi súplica por un verso que no encuentro.
¡cuántas cosas quisiera yo decirte!
¡cuántos nombres que te nombren para siempre!

Me han dicho

Hoy alguien me ha dicho que yo no te quiero
o que te quiero a medias, que casi no te quiero,
pero no he contestado.
Mi respuesta no podrá probar que llevo dentro
tanta ansiedad de amarte y tanto, tanto deseo,
que eres mujer de un día y eres mujer de siempre,
que siento en cada nervio de mi cuerpo tu vientre,
que me siento tan dentro de tu luz que soy fuego,
que me siento tan fiel cuando beso tus senos,
que en cada pensamiento me entrego sin rodeos,
que tú eres más que vida, y que somos eternos.

Atado

Atado estoy
al enigma irreverente y sensual de tu mirada.

Cautivo para siempre
en el profundo encanto de tus palabras musitadas.

Conectado inexorablemente
a la armonía de tu naturaleza íntima y freudiana.

Amarrado con nudo gordiano
al "deja vú" de tu presencia seductora en mis mañanas.

Atado estoy a ti
y no imagino que sería de mí sin esos nudos
que ciñen mi voluntad y el ansia por tenerte
de todas la maneras que imagines
y en todos los amores, para siempre.

Dormida

La madrugada se me ha deshecho en dos
con la necesidad de verte dormida aquí en mi cama
mientras la noche pasa entre mis viejos dedos
recorriendo el dibujo de todas tus fachadas.

El corazón se agita ansioso, desbordado
con la fina saeta de tu olor femenino
y la pasión rebelde, apenas contenida,
explora los misterios de tu cuerpo cansado.

La fe se excede plena de nuevos ideales
después del amor pródigo que dejamos sembrado,
mientras la paz ausente, siempre creída ajena,
se vierte primeriza en mis acantilados.

No ceso de mirarte, rehén de tus suspiros,
cuando la noche llora al pie de la mañana,
no dejo de pensar en todo lo vivido
ni en la fábula eterna que dejas en mi almohada.

Divergencias

Políticamente hablando,
nuestros dos cuerpos están en "Estado de Sitio",
hay "Toque de Queda" y otras limitaciones.

¡Qué lástima!
porque es tan hermoso caminar de madrugada por tus calles,
por tus suaves, tibias y voraces calles de mujer.

Pero no puedo renunciar a mis derechos,
tampoco a mis principios,
por tanto, sigo en "la Oposición".

Seguiré

No sé si verdaderamente nos gustamos, no lo sé.
De caminos y atajos está hecha la vida
y espejismos también.

No sé si verdaderamente nos amamos, no lo sé.
El encuentro tardío de dos corazones
es un río que no siempre llega al mar.

De lo que estoy seguro
es que nos utilizamos mutuamente:
Yo, para engrandecer contigo mi existencia,
no sé si lo logré.
Tú, para engrandecer conmigo tus pobrezas,
no sé como escapé.

Yo seguiré el sinuoso camino del destino.
Tú no sabrás que hacer.

Petición de Divorcio

Tengo una petición a manos llenas
que no puedo callar y ser consciente,
así que te la expongo sin esperas,
ni elogios, ni tertulias displicentes.

Con las aguas del Jordán a la cintura
y la luz recién nacida en la confianza
hace ya muchas lunas, sin cordura,
te pedí en un matrimonio de esperanza.

Hoy, la imaginación exhausta por el tedio
y pocos atardeceres en consorcio, te pido,
aguas del Almendares de por medio,
me des salvoconducto con divorcio.

Incongruencia de escenarios, como nuestras vidas.
Incongruencias de la vida en un mismo escenario.
Disculpa mi conciencia y mi paz redimidas,
gracias adelantadas y adiós en solitario.

Calladamente

Calladamente, en noches de viaje en solitario
te leo como libro oculto en mis riberas,
como rezos antiguos que no llevan Rosario,
como historias de infancia que olvidar no pudiera.

Desando los recuerdos sutiles de tus manos
sosteniendo atalayas, anidando caminos,
restaurando mis lienzos con amores profanos
que quedan, como hechizos, en todos mis sentidos.

De tanto releerte me creo lo increíble
de las claves del alma grávida en esperas,
y no hay incertidumbre que vierta un gramo acre
en mis envejecidas y dolorosas venas.

Calladamente siempre, bordeando el desatino,
mis plegarias se escurren como días contigo
y mi arcilla se agota como Sol vespertino
mientras, calladamente, te quiero y no te olvido.

Quiero que estés conmigo

Cuando el amanecer le dice a mis sentidos
que aún permanezco vivo
quiero que estés conmigo.

Cuando cantan los pájaros a la luz recién llegada
o vuelven silenciosos y tristes al ocaso
que se quiebra en pedazos de resignación.

Cuando escucho el jolgorio de la lluvia fresca
consolando el ruego de las flores marchitas
con la humedad que aviva mi afán por tu canción.

Cuando en mi desamparo te pienso y me resisto
al dolor desmedido de saberte y no verte,
como un Karma secreto para mi corazón.

Cuando la noche fría me corta la garganta
para que no mencione una sola promesa
que llegue a tus oídos como una confesión.

Cuando invoco tus besos para escapar del tiempo,
para escribir a dúo un nuevo mandamiento
que dicte lo inefable del misterio de dos.

Quiero que estés conmigo por todo y para todo,
para darte lo cierto, lo mucho y lo eterno
de mis sentimientos y mi devoción.

Quiero que estés conmigo el día del comienzo.
Quiero que estés conmigo cuando te diga adiós.

Por ti
(A Michi)

Por ti,
Apolo no me dirige la palabra, abrumado de celos,
la lluvia se detiene como un rito ancestral,
los lirios me entregan su olor sin un lamento,
y el dolor se disculpa y se vuelve a marchar.

Por ti,
el pavo real reposa su cola entre mis manos,
los duendes curiosean en nuestra intimidad,
los sueños recuerdan que existo y me visitan
y el violonchelo ofrece la nota más sublime para mi soledad.

Por ti,
Eros me ofrece clases para mejor saber amarte,
las semillas germinan en la tierra y el mar;
los colibríes me envidian cuando me ven besarte
y la Luna pregunta si de cierto te amo para vernos pasar.

Por ti,
daré las gracias a Dios al mencionarte,
entregaré los años que me queden aquí,
soportaré sereno todo lo insoportable,
seré lo que no he sido,
por ti, seré de ti.

Hoy no quiero escribirte

Hoy no quiero escribirte.
Hoy no quiero ofrecerte ni una sola palabra,
ni siquiera un pequeño verde-azul poema.

Hoy no quiero hablar de tus ávidas manos de amante, enardecidas por un beso.

Hoy no quiero escribirte.
Hoy no quiero hacerte confesiones de hombre
ni versos que te hablen de los sacrilegios que encierran tus pasiones.

Hoy no quiero hacer ni el más mínimo verso que bese tus entrañas.

Hoy no quiero escribirte.
Hoy sólo quiero amarte.

Despedida

Esta noche me marcho.
Esta noche clavaré un puñal de nostalgia en medio del destino.

No espero la mañana
porque no sé llorar por ti a la luz del día.

Esta noche no tengo otra elección
que gritarte en silencio lo mucho que amaré tus ojos tristes.

Que me corte en dos la espada del dolor ya no me importa,
me coserás mañana con los hilos de tu vida.

No permitas la duda ni me llores temprano
porque tu cerrarás mi puerta con tus manos.

Piensa que te traeré de vuelta el Amor de siempre,
cogida de la mano de nuestros sueños me verás llegar.

Esta noche me marcho,
pero no de ti, ni de aquí, sino de esto y de aquellos,
para volver más tarde al agua de tus ríos,
hermosamente juntos y bajo el mismo cielo.

...

Tres Universos y una sola razón

Autor
Sergio O. Flores Puentes
Madrid, España
sergioflores99@gmail.com